Elissa:
Dux Fēmina Factī

Emma Vanderpool

Copyright © 2020 Emma Vanderpool
All rights reserved.
ISBN: 9798686571044

CONTENTS

	Preface	i
I	*familia*	2
II	*ignōtus vir*	7
III	*umbra*	12
IV	*fūgimus*	17
V	*Iarbās*	22
VI	*Carthāgō*	26
VII	*Ante Pyram*	30
VIII	*In Orcō*	33
IX	*Rōmānī*	35

PREFACE

Perhaps best known from her appearances in Vergil's *Aeneid* and Ovid's *Heroides*, Elissa (or Dido as the Romans called her) has a rich story as a Tyrian queen and founder of the city of Carthage. Although not typically focused on, Elissa's narrative existed before the *Aeneid*. Her story was first merged with that of the founder, Aeneas, by the Roman poet, Naevius, in his epic poem *Bellum Punicum*.

Early accounts can be traced back to the mid-4th century BCE in the writings of Timaeus of Tauromenium as well as Gnaeus' Pompeius Trogus' *Philippic Histories* (as rendered through Junianus Justinus). In particular see Karen Haegemans' article "Elissa, The First Queen of Carthage, Through Timaeus' Eyes" in *Ancient Society* 30 (2000), pg. 277-291.

ELISSA: DUX FĒMINA FACTĪ

Therefore, this novella is told from Elissa's point of view. As such, she is referred to by her Phoenician name, Elissa, rather than the name Dido, which the Romans used. Now dead and living in the underworld, Elissa wishes to tell her side of the story, rather than the typical Romanized version. This novella focuses on her point of view and tells the story of her early life, her love story with Sychaeus, as well as her rule in Africa. Aimed at novice-level readers, this novella contains only 109 words, excluding proper nouns.

Please note a content warning for Chapter 7. While not graphic, there is a mention of suicide. Rather than killing herself because she was abandoned by Aeneas, Elissa, in this account, chooses suicide in order to prevent a war that would have decimated the nascent, Carthage.

Many thanks to Arianne Belzer-Carroll for her initial encouragement, to N. Sevier for the beautiful cover art, and to Forrester Hammer for his careful reading of this text.

PROLOGUS

sum Elissa, fīlia rēgis Tyrī. nunc mortua sum. *umbra* sum. sub terrā in Orcō habitō.

Rōmānī fābulam dē mē et de virō, Aeneā narrant. quamquam Rōmānī fābulam habent, ego fābulam meam narrāre volō.

CAPITULUM I:
FAMILIA

in meā familiā, erant meus pater et meus frāter. familiam valdē amābam et familia mē amābat.

meus pater Matan erat. Rōmānī meum pātrem Belum vocant. meus pater rēx *dīves*[1] erat. meus pater *dīves* erat quod Tyriī per mare nāvigābant. Tyriī optimī *nautae*[2] erant.

---

[1] *dīves*: rich, wealthy
[2] *nautae*: sailors

ELISSA: DUX FĒMINA FACTĪ

quod meus pater rēx *dīves*[3] erat, multī virī volēbant mē *in mātrimōnium*[4] dūcere. virī pecūniās meī patris habēre volēbant.

rēgīna esse volēbam; meus frāter, Pygmaliōn, rēx esse volēbat.

meus pater, Matan, volēbat nōn sōlum Pygmaliōnem Tyriōs regere. et mē et meum frātrem regere volēbat.

Matan pater bonus erat; meus pater mē volēbat bonum virum habēre. meus pater nōlebat mē virum malum et *aemulum*[5]

---

[3] *dīves*: rich, wealthy
[4] *in mātrimōnium*: into marriage
[5] *aemulum*: jealous

habēre. Matan mē Sychaeō dedit quod
meus pater volēbat mē esse laetam.

Sychaeus vir *dīves*[6] erat; multās pecūniās
habuit. pecūniae nōn erant *maximī mōmentī*[7]
mihi.

Sychaeus vir bonus erat. valdē bonus vir
erat. *sacerdōs Melqart*[8] erat.

Melqart deus *maximī mōmentī* erat. ōlim
Melqart Tyriōs *nautās*[9] fēcit. sacerdōs
Melqart *maximī mōmentī* erat; sacerdōs
Melqart ā rege erat secundus mōmentī.

---

[6] *dīves*: rich, wealthy
[7] *maximī mōmentī*: of the greatest importance
[8] *sacerdōs Melqart*: priest of Melqart (Phoenician equivalent to Hercules)
[9] *nautās*: sailors

sacerdōs Melqart *ante ārās*[10] sacrificium faciēbat.

Sychaeus volēbat mē uxōrem in mātrimōnium ducere -- et vir bonus erat. laetissima sum.

meus pater laetus erat quod Sychaeus dīves erat. Sychaeus vir *dīvitior quam*[11] rēx Tyrius erat! meus pater laetior erat quod Sychaeus erat bonus vir.

laeta nōn eram quod Sychaeus vir dīves erat. valdē laeta eram quod Sychaeus vir bonus erat. laetissima eram quod Sychaeus

---

[10] *ante ārās*: before the altars
[11] *dīvitior quam*: richer than

ELISSA: DUX FĒMINA FACTĪ

mē sōlam amābat et sōlum Sychaeum amābam.

in *oppidō*[12] Tyrō habitāvimus et uxor et vir laetissimī erāmus. nostra fābula laeta erat.

meus frāter, Pygmaliōn, laetus nōn erat.

---

[12] *oppidō*: town

CAPITULUM II: *IGNŌTUS VIR*

Pygmaliōn *aemulus*[13] Sychaeī erat quod Sychaeus vir *dīves*[14] erat.

quamquam Sychaeus meus vir erat, meus frāter Sychaeum nōn amābat. Pygmaliōn Sychaeum nōn amābat quod vir *dīvitior*

---

[13] *aemulus*: jealous
[14] *dīves*: rich

quam[15] rēx erat. pecūniae erant *maximī mōmentī*[16] quod Pygmaliōn malus erat.

postquam Matan, noster pater, mortuus erat, rēgīna nōn eram. rēgīna nōn eram sed Pygmaliōn rēx erat! Pygmaliōn sōlus Tyriōs regēbat quod mē rēgīnam esse nōlēbat. meus frāter rēx malus et *aemulus*[17] erat.

īrāta eram quod rēgīna Tyria valdē esse volēbat. īrāta eram quod ego rēgīna esse volēbam.

---

[15] *dīvitior quam*: richer than
[16] *maximī mōmentī*: of greatest/highest importance
[17] *aemulus: jealous*

ELISSA: DUX FĒMINA FACTĪ

Pygmaliōn laetior erat quod rēx erat.
laetissimus nōn erat quod Sychaeus *dīvitior quam*[18] rēx erat.

quod Pygmaliōn vir valdē *aemulus*[19] erat,
frāter *cōnsilium cēpit*.[20] Pygmaliōn rēx malus erat. Pygmaliōn pessimus frāter erat.

Sychaeus *ante ārās*[21] Melqart sacrificium faciēbat quod *sacerdōs*[22] bonus erat.
Pygmaliōn *ante ārās* erat quod rēx erat.

Pygmaliōn mihi fābulam narrāvit:

---

[18] *dīvitior quam*: richer than
[19] *aemulus*: jealous
[20] *cōnsilium cēpit*: made/formed a plan
[21] *ante ārās*: before the altars
[22] *sacerdōs*: priest

postquam Sychaeus sacrificium fēcit, vir *ignōtus*[23] tuum virum necāvit!

ego virum *ignōtum* necāvī quod frāter bonus sum. tē amō! Sychaeum amō! sed Sychaeus mortuus est.

ante hoc,[24] fueram laetissima quod virum bonum habēbam. Sychaeus mē sōlam amābat et ego sōlum Sychaeum amābam.

postquam Sychaeus mortuus est, uxor trīstissima eram. Pygmaliōn, meus frāter malus, trīstis nōn erat.

---

[23] *ignōtus*: unknown
[24] *ante hoc*: before this

meus frāter valdē laetus erat quod pecūniās meās volēbat. meus frāter volēbat esse rēx *dīvitissimus*.[25]

---

[25] *dīvitissimus*: richest

CAPITULUM III: UMBRA

meus frāter mē rogābat et rogābat: "ubi sunt pecūniae?! ubi sunt pecūniae tuī virī?!"

meus frāter pecūniās meī virī habēre volēbat sed pecūniās nōn habēbam. Sychaeus pecūniās mihi nōn dederat.

ūnā nocte,[26] meus mortuus vir, Sychaeus, ad mē vēnit. quamquam Sychaeus erat mortuus, vir ad mē vēnit! Sychaeus erat mortuus. erat *umbra.*[27]

meus vir ad mē veniēbat quod mē valdē amābat. mē vēram fābulam habēre volēbat.

umbra Sychaeī fābulam mihi narrāvit:

ante ārās[28] Melqart sacrificium faciēbat quod *sacerdōs*[29] erat. tuus frāter, Pygmaliōn, *ante ārās* erat quod rēx erat.

---

[26] *ūnā nocte*: one night
[27] *umbra*: ghost
[28] *ante ārās*: before the altars
[29] *sacerdōs*: priest

nōn erat vir *ignōtus*.[30] vir *ignōtus* mē nōn necāvit. sōlī Pygmaliōn et Sychaeus ante ārās erant.

tuus frāter mē necāvit! Pygmaliōn pecūniārum *aemulus*[31] erat. Sychaeus vir *dīvitior quam*[32] rēx erat. Pygmaliōn pecūniās valdē volēbat.

putāveram virum ignōtum necāvisse Sychaeum. fābula vēra nōn erat! frāter meus virum meum necāvit!

umbra[33] Sychaeī sēcrētum mihi narrāvit quod volēbat mē pecūniās habēre.

---

[30] *ignōtus*: unknown
[31] *aemulus*: jealous
[32] *dīvitior quam*: richer than
[33] *umbra*: ghost

ELISSA: DUX FĒMINA FACTĪ

Sychaeus nōluit meum frātrem pecūniās habēre.

Sychaeus vir bonus erat. vir optimus erat quod mē amābat. *umbra* mē amābat. Sychaeus mihi sēcrētum narrāvit:

Sychaeus pecūniās *celāverat*.[34]

uxor laeta eram quod vir meus ad mē vēnerat. uxor laetissima eram quod meus pecūniās *celāverat*.[35]

---

[34] *celāverat*: had hidden
[35] *celāverat*: had hidden

nunc necesse est mihi pecūniās celāre.

nunc necesse est mihi fugere *ut*[36] terram meam *regam* et rēgīna *sim*.

---

[36] *ut . . . regam . . . sim*: so that I might rule . . . and I might be . . .

CAPITULUM IV:
FŪGIMUS

ego et meī amīcī ā Tyriīs nāvigāvimus quod *nautae*[37] optimī erāmus. ā meō frātre fugere volēbam. pecūniās meī virī habuī -- et frātrī meō dare nōlebam.

laetissima uxor eram: meum virum amāvī et meus vir mē amāvit. Sychaeus mihi secrētum narrāverat.

---

[37] *nautae*: sailors

meī amīcī mē *sequēbantur*[38] quod volēbant
nōn frātrem regere sed mē. volēbant mē
rēgīnam habēre.

meus pater mē esse rēgīnam voluerat.
quamquam meus frāter nōluit mē esse
rēgīnam, volēbam esse rēgīna bona.

meus frāter -- rēx Tyrius -- meum virum
necāverat quod Sychaeus *dīvitior quam*[39] rēx
erat. meus frāter *aemulus*[40] pecūniārum erat
et rēx dīvitissimus esse volēbat.

Pygmaliōn meum virum necāverat et tum
pecūniās volēbant. Pygmaliōn erat rēx

---

[38] *sequēbantur*: were following
[39] *dīvitior quam*: richer than
[40] *aemulus*: jealous

pessimus et aemulus. necesse est nōbis fugere.

trīstis nōn eram. trīstissima uxor eram sed nōlebam meum frātrem habēre pecūniās meī virī.

ego et meī amīcī fugiēbāmus sed Pygmaliōn nōs *sequēbatur*.[41]

ego et meī amīcī pecūniās in saccōs ponuērunt. saccōs "pecūniārum" in mare posuimus. pecūniās meō frātrī dare nōlebamus. ego ad mare pecūniās meās dedī.

---

[41] *sequēbantur*: they were following

ELISSA: DUX FĒMINA FACTĪ

Pygmaliōn īrātus nōn erat. īrātissimus erat quod nōs saccōs "pecūniārum" in mare posuerāmus.

rēgīna intellegēns sum. nōn pecūniās in saccōs posuerāmus. *harenās*[42] in saccōs posuerāmus. saccōs harenārum ad mare dederāmus.

Pygmaliōn rēx intellegēns nōn erat; saccōs pecūniārum in mare posuisse putāvit. quod pecūniae in *marī*[43] erant, Pygmaliōn nōlēbat mē *sequī*.[44] volēbat mē fugere!

ego et meī amīcī per mare nāvigābamus. ā Tyriō fūgimus. quod putābat mē pecūniās

---

[42] *harenās:* sand
[43] *in marī:* in the sea
[44] *sequī:* to follow

in mare posuisse, Pygmaliōn mē nōn
secūtus est.

nōs ad Africam nāvigāvimus . . . sed ā rēge
aemulō nōn fūgimus.

CAPITULUM V: *IARBĀS*

in Africā erat rēx *maximī mōmentī*,[45] Iarbās. dīvitior quam rēgēs erat et multa *oppida*[46] habēbat.

putāvī Iarbān nōn malum rēgem esse.
putāvī Iarbān nōn bonum rēgem esse.
Iarbās erat rēx.

---

[45] *maximī mōmentī*: of the greatest importance
[46] *oppida*: towns

ELISSA: DUX FĒMINA FACTĪ

sed Iarbās volēbat mē *in mātrimōnium*[47] ducere. nōlebam virum secundum habēre quod Sychaeum sōlum valdē amābam.

rogābam terram in Africā quod secundum oppidum Tyriīs meīs dare volēbam. Iarbās nōlebat mē habēre in Africā terram . . . rēx volēbat NŌS terram habēre. volēbat mē rēgīnam Africānam esse et mēcum regere.

nōlebam esse uxor Iarbae!

necesse est Iarbae *cōnsilium capere*.[48] Iarbās mihi *taurīnum tergum*[49] dedit. Iarbās mē *taurīnum tergum*[50] in terrā pōnere volēbat.

---

[47] *in matrimōnium*: in marriage
[48] *cōnsilium capere*: to form/make a plan
[49] *taurīnum tergum*: an ox hide
[50] *taurīnum tergum*: an ox hide

terra taurinō tergō sub terrā mihi erat. terra oppidō meō erat. Iarbās terram mihi dedit.

Iarbās cōnsilium cēpit quod mē habēre multam terram nōlebat. intellegentissima rēgīna eram. cōnsilium bonum cēpī.

taurinum tergum *secāvī*[51] et multōs partēs habuī. multa terra sub taurinō tergō erat . .
. . et multam terram *oppidō*[52] habuī.

Iarbās īrātus erat. īrātissimus erat quod intellegēns eram et rēgīna Africana nōlebam. Iarbās VALDĒ mē uxōrem esse volēbat. mē rēgīnam Africanam esse volēbat sed mē nōn amābat.

---

[51] *secāvī*: I cut
[52] *oppidō*: for my town

ELISSA: DUX FĒMINA FACTĪ

Sychaeum sōlum amāvī. quamquam rēgīna Africāna esse voluī, uxor esse nōluī.

ego et meī amīcī oppidum "Carthāginem" fēcimus. dīves erat quod ego pecūniās habuī. multī Africānī volēbant in meō oppidō habitāre. Iarbās nōn erat optimus rēx, et ego eram intellegentior quam Iarbās.

Iarbās laetus nōn erat.

CAPITULUM VI: *CARTHĀGŌ*

et Tyriī et Africanī oppidum, Carthāginem, fēcimus. Carthāgō oppidum dīves *mox*[53] erat! dīvitēs erāmus quod per mare nāvigābamus. nautae erāmus quod Melqart nōs nautās fēcit.

Iarbās, rēx malus, īrātus erat. Iarbās erat aemulus pecūniārum. quod uxor esse

---

[53] *mox*: soon

nōlebam, Iarbās in mē pugnāre volēbat. mē
uxōrem volēbat.

pugnāre nōlebam quod multī Africanī in
meō oppidō habitābant. Africanī nōluērunt
pugnāre quod Iarbās rēx amicōrum et
familiārum erat.

nunc Iarbās volēbat habēre mē uxōrem
quod optimī nautae Tyriī erant et per mare
nāvigābant. Carthāgō oppidum dīves erat.
Iarbās aemulus pecūniārum erat.

Iarbās mē uxōrem rogābat quod rēgīna
eram et intellegēns eram. oppidum

Carthāgō *iam*[54] dīves erat. mox oppidum dīvitissimum erit.

mē uxōrem rogābat quod dīvitior quam rēx Africanus eram et Carthāgō dīvitior quam oppidum erat. Iarbās mē nōn amāvit; pecūniās meās amābat.

ego Sychaeum sōlum, virum meum, amāvī. esse uxor rēgis *cōnsilium*[55] malum nōn erat. in Africā erant multa oppida Iarbae. rēx maximī mōmentī et dīvitissimus erat.

nōlēbam esse uxor Iarbae quod Iarbās Carthāginem nōn amābat. meī amīcī

---

[54] *iam*: already
[55] *cōnsilium*: plan

mēcum fūgerant quod mē rēgīnam esse volēbant. meīs amīcīs rēgīna bona esse volēbam. meōs amīcōs servāre valdē volēbam.

Iarbās nōn mē amābat et Iarban nōn amābam. Sychaeum sōlum amāvī. quod uxor Iarbae esse nōlebam et pugnāre nōlebam, *cōnsilium cēpī.*[56]

eratne cōnsilium bonum an malum?

---

[56] *cōnsilium cēpī*: I formed/made a plan

CAPITULUM VII: *ANTE PYRAM*

ante pyram[57] eram et sacrificium faciēbam. sacrificium meō virō, Sychaeō, fēcī. meum virum rogābam *ut* uxor *sim* et meō cum virō *sim*.[58]

---

[57] *ante pyram:* before the pyre
[58] *ut sim:* so that I might be . . .

ELISSA: DUX FĒMINA FACTĪ

Iarbās laetissimus erat quod virum meum rogābam. putāvit sē virum meum *futūrum esse*.[59] putāvit mē uxōrem fūturum esse.

sed valdē nōlebam habēre Iarban virum. meum virum, Sychaeum, habēre volēbam.

ad pyram[60] vēnī . . . et nōn sacrificium fēcī. ego mē necāvī quod cum virō meō, Sychaeō, esse volēbam.

ego mē necāvī quod Tyriōs servāre volēbam et in Africanōs pugnāre nōlebam.

---

[59] *futūrum esse*: would be
[60] *ad pyram*: to the pyre

ELISSA: DUX FĒMINA FACTĪ

sī ego uxor nōn *sim*, Iarbās, in Carthāginiēnsēs *pugnet*.[61] *sī* Iarbās in nōs *pugnet*, multōs Tyriōs et Africanōs *necet*.[62]

hoc nōlēbam. quod rēgīna bona esse volēbam, hoc cōnsilium cēpī et mē necāvī. quod ego mortua eram, Iarbās oppidum habēre nōlēbat. nōn pugnāvimus. meum oppidum servāvī.

---

[61] *sī . . . sim . . . pugnet*: if I were . . . he would fight
[62] *sī . . . pugnet . . . necat*: if he would fight. . . he would kill

CAPITULUM VIII:
IN ORCŌ

ego et Sychaeus in *Orcō*[63] habitāmus. sub terrā habitāmus quod mortuī sumus. rēgīna sum et Sychaeus rēx est; uxor sum et vir est. nōs sumus laetissimī in Orcō.

Iarbās mē uxōrem nōn habet. in oppidō Carthāgine nōn habitat. quod mortua sum, Iarbās putāvit oppidum dīves nōn *futūrum*

---

[63] *Orcō*: in the Underworld

ELISSA: DUX FĒMINA FACTĪ

esse.[64] multī Africanī et multī Tyriī in Carthāgine habitant. nunc Africanī et Tyriī sunt Carthāginiēnsēs.

Carthāginiēnsēs mē amant quod oppidum servāvī. ante ārās sacrificium mihi faciunt. nunc ego sum dea.

nōs, ego et Sychaeus, habēmus fābulam et laetam et trīstem. fābulam et bonam et malam habēmus.

Carthāgō, meum oppidum, fābulam bonam et laetam habēbit. dīvitissimum oppidum erit.

---

[64] *futūrum esse*: would be

CAPITULUM IX: *RŌMĀNĪ*

Rōmānī mē Didōnem vocant.
fābulam nārrant:

> erat vir, Aenēās, pugnābat. . . .
> Trōiānī nautae erant. ad Ītaliam
> nāvigābant. tum in Africā erat.

> Aenēās mē "amābat" sed Aenēān
> nōn amābam. sōlum meum virum
> amābam.

Aenēās frāter Cupidīnis erat. Cupīdō, deus *amōris*,[65] ad mē vēnit . . . et *nōn iam*[66] Sychaeum amāvī. Aenēān amāvī!

Aenēās mē valdē amābat et ego Aenēān valdē amābam. nōluī esse uxor Sychaeī Tyriī. nōluī esse uxor Iarbae Africanī. uxor Aenēae esse valdē voluī.

Aenēās mē in mātrimōnium dūxit. uxor laeta eram. Aenēās vir laetus erat. nōs erāmus laetissimī in oppidō Carthāgine.

---

[65] *amōris*: of love
[66] *nōn iam*: no longer

sed Aenēās cum Troiānīs nōn ad
Āfricam sed ad Ītaliam nāvigābat.
"necesse erat" Aenēae ā mē fugere et
ad Ītaliam nāvigāre.

Aenēās ā mē fūgit! trīstissima eram.
valdē trīstis eram et pyram fēcī. mē
necāvī quod eram trīstissima.

NŌN est vēra fābula. fābula Rōmānōrum
est; fābula vēra nōn est. rēgīnā intellegēns
sum. sōlum meum virum, Sychaeum, amō.

fābula Rōmāna est . . . quod Rōmānī
Aenēān amant. Rōmānī in Carthāginiēnsēs
pugnant; multōs necant. Rōmānī nōn mē,
rēgīnam Carthāginiēnsem, amant. Rōmānī

ELISSA: DUX FĒMINA FACTĪ

Aenēān bonum virum esse volunt. mē malam rēgīnam esse volunt. Carthāginiēnsēs malōs esse volunt quod Rōmānī in oppidum Carthāginem pugnāre volunt.

Rōmānī nōlunt mē esse et uxōrem bonam et rēgīnam intellegentem. volunt mē malam esse.

nunc fābulam meam habes.

> fēmina Tyria sum. uxor sum.
> rēgīna bona et intellegēns sum.
> rēgīna Carthāginis sum.
> meōs Tyriōs et Carthāginem servāvī.

ELISSA: DUX FĒMINA FACTĪ

dūx fēmina factī erat.[67]

---

[67] *dūx fēmina factī erat*: a woman was the leader of the deed

INDEX VERBŌRUM

ā/ab	from, away from
ad	to/toward
aemulum	jealous (obj.)
aemulus	jealous (subj.)
amābam	I was loving
amābat	he/she/it was loving
amant	they love
amāvī	I loved
amāvit	he loved
amīcī	friends (subj.)
amīcīs	to friends
amicōrum	of friends
amīcōs	friends (obj.)
amō	I love
amōris	of love
an	or
ante	before

ELISSA: DUX FĒMINA FACTĪ

ārās	altars
ante arās	before the altars
bona	good (subj.)
bonam	good (obj.)
bonum	good (obj.)
bonus	good (subj.)
capere	to take
capere cōnsilium	to make/form a plan
celāre	to hide
celāvērat	he had hidden
cēpī	I took
cēpī cōnsilium	I made/formed a plan
cēpit	he/she/it took
cēpīt cōnsilium	he/she/it made/formed a plan
cōnsilium	plan
cum	with
dare	to give
dederāmus	we had given

ELISSA: DUX FĒMINA FACTĪ

dederat	he/she/it had given
dedī	I gave
dedimus	we gave
dedit	he/she/it gave
deus	god
dīves	rich (subj.)
dīvitēs	rich (subj./obj.)

dīvitior
  dīvitior quam
	richer (subj.)
	  richer than

dīvitissimus	richest (sub.)
dīvitissimum	richest (sub.)

ducere
  ducere in
mātrimōnium
	to lead
	  to lead in marriage,
	  to marry

dūx	leader
dūxit	led
ego	I
eram	I was
erāmus	we were

ELISSA: DUX FĒMINA FACTĪ

erant	they were
erat	he/she/it was
eratne	was he/she . . . ?
erit	he/she/it will
esse	to be
est	he/she/it is
et	and
fābula	story (subj.)
fābulam	story (obj.)
faciēbam	I was making
faciēbat	he/she/it was making
faciunt	they make
factī	of the deed
familia	family (subj).
familiā	family
familiam	family (obj.)
familiārum	of families
fēcī	I made

ELISSA: DUX FĒMINA FACTĪ

fēcimus	we made
fēcit	he/she/it made
fēmina	woman
fīlia	daughter
frāter	brother (subj.)
frātre	brother
frātrem	brother (obj.)
frātrī	to (my) brother
fueram	I had been
fūgerant	they had fled
fugere	to flee
fugiēbāmus	we were fleeing
fūgimus	we fled
fūgit	he/she/it fled
fūturum esse	would be
habēbam	I was having
habēbat	he/she/it was having
habēbit	he/she/it will have

ELISSA: DUX FĒMINA FACTĪ

habēmus	we have
habēre	to have
habes	you have
habet	he/she/it has
habitābant	they were living
habitāmus	we live
habitant	they live
habitāre	to live
habitat	he/she/it lives
habitāvimus	we lived
habuī	I had
habuit	he/she/it had
harenārum	of sand(s)
harenās	sand(s)
hoc	this
iam	now, already
nōn iam	no longer
ignōtum	unknown (obj.)
ignōtus	unknown (subj.)

ELISSA: DUX FĒMINA FACTĪ

in	in, into
intellegēns	intelligent, smart (subj.)
intellegentem	intelligent, smart (obj.)
intellegentior	more intelligent
intellegentissima	most intelligent (subj.)
īrata	angry (subj.)
īratissimus	very angry, most angry
īratus	angry
laeta	happy (subj.)
laetam	happy (obj.)
laetior	happier than (subj.)
laetissima	happiest, most happy
laetissimī	very happy (subj.)
laetissimus	very happy (subj.)
laetus	happy
malam	bad (obj.)

ELISSA: DUX FĒMINA FACTĪ

malum	bad (obj.)
malus	bad (subj.)
malōs	bad (obj.)
mare	sea, ocean
marī	(in the) sea, ocean
mātrimōnium	marriage
ducere in matrimōnium	to lead into marriage, to marry
maximī (mōmentī)	of the greatest importance
mē	me (obj.)
meā	my
meam	my (obj.)
meās	my (obj.)
mēcum	with me
meī	my (subj.)
meīs	to/for my
meō	my
meōs	my (obj.)

ELISSA: DUX FĒMINA FACTĪ

meum	my (obj.)
meus	my (subj.)
mihi	to/for me
mōmentī (maximī)	of the greatest importance
mortua	dead (subj.)
mortuī sumus	we have died
mortuus	dead (subj.)
mox	soon
multa	many (subj./obj.)
multam	many (obj.)
multās	many (obj.)
multī	many (subj.)
multōs	many (obj.)
nārrant	they tell
narrāverat	he/she/it had told
narrāvit	he/she/it told
nautae	sailors (subj.)
nautās	sailors (obj.)

ELISSA: DUX FĒMINA FACTĪ

nāvigābamus	we were sailing
nāvigābant	they were sailing
nāvigābat	he/she/it was sailing
nāvigāre	to sail
nāvigāvimus	we sailed
necant	they kill
necāre	to kill
necāverat	he/she/it had killed
necāvī	I killed
necāvisse	to have killed
necāvit	he/she/it killed
necesse	(it is) necessary
necet	he would kill
nōbis	to/for us
nocte	one night
nōlebam	I was not wanting
nōlebamus	we were not wanting
nōlebat	he/she/it was not wanting

ELISSA: DUX FĒMINA FACTĪ

nōluērunt	they did not want
nōluī	I did not want
nōluit	he/she/it did not want
nōlunt	they do not want
nōn	not
nōs	we (subj./obj.)
noster	our (subj.)
nostra	our (subj.)
nunc	now
ōlim	once
oppida	towns
oppidō	town
oppidum	town
optimī	the best, very good (subj.)
optimus	the best, very good (subj.)
partēs	parts
pater	father (subj.)

ELISSA: DUX FĒMINA FACTĪ

patris	of the father
pecūniae	money (subj.)
pecūniārum	of money
pecūniās	money
per	through
pessimus	the worst
ponere	to put
ponuērunt	they put/placed
postquam	after
posuerāmus	we had placed
posuimus	we placed/put
posuisse	to have placed/put
putābat	he/she/it was thinking
putāvēram	I had thought
putāvī	I thought
putāvit	he/she/it thought
pyram	pyre
quam	than

ELISSA: DUX FĒMINA FACTĪ

quamquam	although
quod	because
regam	I might rule
rege	king
regēbat	he/she/it was ruling
rēgem	king (obj.)
regere	to rule
regēs	kings (subj./obj.)
rēgīna	queen (subj.)
rēgīnā	queen
rēgīnam	queen (obj.)
rēgis	of the king
rēx	king (subj.)
rogābam	I was asking
rogābat	he/she/it was asking
saccōs	sacks
sacerdōs	priest, priestess
sacrificium	sacrifice
sē	he/she/it (obj.)

ELISSA: DUX FĒMINA FACTĪ

secāvī	I cut
sēcrētum	secret
secundum	second (obj.)
secundus	second (subj.)
secūtus est	was followed, pursued
sed	but
sequēbantur	they were followed, pursued
sequēbatur	he/she/it was followed, pursued
sequī	to follow, pursue
servāre	to save
servāvī	I saved
sī	if
sim	I would be
sōlam	alone (obj.)
sōlī	alone (subj.)
sōlum	alone (obj.)
sōlus	alone (subj.)

ELISSA: DUX FĒMINA FACTĪ

sum	I am
sumus	we are
sunt	they are
taurinō	bull
taurinum	bull (obj.)
tergō	hide
tergum	hide (obj.)
terra	land (subj.)
terrā	land
terram	land (obj.)
trīstem	sad (obj.)
trīstis	sad (subj.)
trīstissima	most sad, very sad
tuī	you (subj.)
tum	then
tuum	your (obj.)
tuus	your (subj.)
ubi	when/where
umbra	ghost

ELISSA: DUX FĒMINA FACTĪ

unā	together
ut	so that . . .
uxor	wife (subj.)
uxōrem	wife (obj.)
valdē	very
vēnerat	he/she/it had come
vēnī	I had come
veniēbat	he/she/it was coming
vēnit	he/she/it came
vēra	true, real (subj.)
vēram	true, real (obj.)
vir	man, husband (subj.)
virī	man, husband (subj.)
virō	to/for the man, husband
virum	man, husband (obj.)
vocant	they call
volēbam	I was wanting

ELISSA: DUX FĒMINA FACTĪ

volēbant — they were wanting

volēbat — he/she/it was wanting

voluerat — he had wanted

voluī — I wanted

volunt — they want

ABOUT THE AUTHOR

Emma Vanderpool graduated with a Bachelor of Arts degree in Latin, Classics, and History from Monmouth College in Monmouth, Illinois and a Master of Arts in Teaching in Latin and Classical Humanities from the University of Massachusetts Amherst. She now happily teaches Latin in Massachusetts.

Made in the USA
Las Vegas, NV
25 July 2022